청어詩人選 141

# #時쟁2
# #이선명's
# #SNS 감성시 131

사랑이 욕심이지 않고 이별이 습관이지 않게

이선명의

# SNS 감성시 131

| 이선명 시집 |

도서출판 청어

이선명의 SNS 감성시 131

이선명 지음

발행처 · 도서출판 청어
발행인 · 이영철
영 업 · 이동호
홍 보 · 최윤영
기 획 · 천성래 | 이용희
편 집 · 방세화 | 김명희
디자인 · 김바라 | 서경아
제작부장 · 공병한
인 쇄 · 두리터

등 록 · 1999년 5월 3일
(제321-3210000251001999000063호)

1판 1쇄 인쇄 · 2016년 3월 8일
1판 1쇄 발행 · 2016년 3월 18일

주소 · 서울특별시 서초구 효령로55길 45-8
대표전화 · 02) 586-0477
팩시밀리 · 02) 586-0478

홈페이지 · www.chungeobook.com
E-mail · ppi20@hanmail.net
ISBN · 979-11-5860-392-2(03810)



이 도서의 국립중앙도서관 출판시도서목록(CIP)은 서지정보유통지원시스템 홈페이지(http://seoji.nl.go.kr)와 국가자료공동목록시스템(http://www.nl.go.kr/kolisnet)에서 이용하실 수 있습니다.(CIP제어번호: CIP2016002867)

이선명의

# SNS 감성시 131

"하지만 우리 끝까지 포기하지 말자!"

사랑이 사람에게

삶 그리고

사랑이 가르쳐준 몇 가지 다짐들

## 시인의 말

가벼워져라 가벼워져라
그러나 진정 무거워라

사진처럼 거울처럼
그대 눈 속에 우리처럼
시간을 담아라

시에게 바란다

– 이선명, 「내게 보낸 엽서」

차례

# 1
## 전반전

# 2
# 후반전

# 3
# 연장전

# 1

# 전반전

# 삶

누구나 삶이란 사실만으로 힘겹다

하지만 누구나 삶이란 소중한 것이다

누구나 살아볼 만한 것이다

그대가 있고 내가 있고 우리가 있는 풍경이기에

# 인정

당신은 토끼를 그렸는데
나는 오리냐고 물었습니다

당신은 여전히 토끼를 그리고 있는데
나는 또 오리냐고 물었습니다

그래서 이번엔 당신이 오리를 그렸는데
나는 토끼냐고 물었습니다

당신의 배려에도 불구하고
우리는 많이 달랐습니다
하지만 다르다고 틀린 것은 아닙니다

그런데도 우리는
다른 것과 틀린 것을 구별하지 못하고
서로를 있는 그대로 바라보지 못합니다
사랑은 서로를 인정하는 것입니다

# 시간

남들도 다 가는 세월인데
왜 나만 아쉬운 듯
지난날을 기웃거리나

꽃이 지면 열매가 피는 것을
열매가 피면 삶도 익어가는 것을
왜 나만 모르고 살았나

# 진주처럼

누구나 삶 가운데
깊은 슬픔을
진주처럼 품고 살아간다

그래서 상처 없는 일생은 없지만
흉터가 진주처럼 사람을 더 빛나게 한다

# 매한가지

사람의 일은 알 수 없다

그런데 혹 안다고 한들
바뀔 수 있을까

혹 바뀐다고 한들
다를 수 있을까

# 행복

삶이 단순해지면
웃음이 많아지고

세상을 더 따뜻이
보듬을 수 있습니다

# 코스모스 · 1

붉은 노을이 지는 가을 저녁

소박하지만 평범한 일상의 무게가
흔들리며 지나는 세찬 바람을 이긴다는 것을
계절이 지나는 가을날에 보았네

바람따라 가볍게 흔들리며 살아왔지만
때론 바람따라 흔들리는 것이 인생이기에
많은 작별의 시간들을 견디며 살아갈 수 있었네

# 사랑법

서로를 배려하지 못하는
미성숙한 마음은

사랑하는 사람을 상처 입게 하는
흉기가 될 수도 있습니다

사랑도 배워야 합니다

소박하지만 평범한 일상의 무게가
흔들리며 지나는 세찬 바람을 이긴다는 것을
계절이 지나는 가을날에 보았네

# 희망

무지개 핀 하늘에
사랑이 수신된다

세상과 상관없는 언어로
웃는다

# 아버지 · 1

아버지가 돌아가시던 날에도 시를 썼지
그렇게 18년 만에 시인이 되었어
하지만 듬성듬성 난 수염은 깎을 수 없었지
면도하는 법을 미처 배우지 못했거든

그래도 변한 것 없이 세월은 흘렀지
아버지 없는 삶이 익숙해지던 어느 날
나도 한 아이의 아빠가 되었지
결혼을 하고 아이가 생겼지만
그래도 여전히 보고 싶은 한 남자가 있어

# 시작

사랑은 먼 데서 오는
무지개 같은 것이라 생각했습니다

하지만 사랑은 봄날의 햇볕처럼
언 땅을 녹이듯 마음을 깨우며 시작되었습니다

# 가을바람

바람이 분다
사랑이 떠나고
사람이 남았다

아픈 바람이 분다
사랑이 스치고
그리움이 스민다

# 요셉의 별 · 1

별은 세상을 위로하고 있었다 어둠 속에서도 새어나와 빛나고 있었다 아이는 별이 되고 싶었다 큰 별이 아니라 세상을 위로하는 작은 소망이 되고 싶었다

하지만 아이는 아직 반짝이지 못했다 어른이 되어도 꿈은 바뀌지 않았지만 별은 아직 기다리고 있었다 어둠 저편에서 천천히 천천히 비춰오고 있었다 간절한 소망은 깊어 먼 데서부터 오고 있었다

# 마흔

나이 먹고 남은 것은
고민뿐이구나

그 많던 친구들은 어딜 가고
혼자서 쓴 잔을 채우나

오늘은 잠시 넘어져
눈물도 채우련다

# 한 사람

맛있는 음식을 먹다가도 여행지에 멋진 풍경을 감상하다가도 친구를 기다리고 있는 뒷모습의 누군가를 보다가도 한 사람을 떠올립니다

가을처럼 짙은 미소를 짓고 사랑하는 사람을 위해 노을처럼 붉은 삶을 살았던 사람, 받는 것은 못해도 주는 것은 거침이 없었던 그래서 늘 미안하고 감사했던 사람, 가을을 닮아 더 그리운 사람

# 사랑이 가르쳐준 몇 가지 다짐들 · 1

사랑했지만 울지 마라
얼마나 더 가야 내 소망이 보일지 모르나
떠난 사람은 다시 돌아오지 않는다

꽃은 다시 피어도 향이 다르듯
때론 사랑은 사랑한 것으로 행복이었다

# 허기

라면을 샀어
사랑이 허기져
배고픈 줄 알고
네가 그리운데 나는
라면을 샀어

# 보고 싶다는 이 말은

보고 싶다는 말은
사랑한다는 말이기 보단 사랑했다는 말이다
홍수가 되어 터져 나온 통곡처럼
보고 싶다는 말은

다시 사랑하고 싶다는 말이기 보단
다시 헤어지지 않겠다는 다짐이다

다시 만날 수 없는 너를
꼭 한 번 안고 싶다는 못난 바람이다

# 이별의 아침

태양은
다시 떠올라도

사랑은
다시 태어나지 않는다

# 밥 · 1

찬밥에
물 말아 먹지 마라
밥은 뜨거워야 한다

여름 땡볕의 굵은 땀처럼
밥은 삶이여야 한다

더운 밥 먹고
더운 똥 싸라
삶은 뜨거워야 한다

새로 지은 밥은 못 먹더라도
더운 밥은 먹고 살아야 한다

# 간절

멈추게 해줘
멈추게 해줘

눈물을 멈출 수 있게
내 손을 잡아줘

눈물을 따라 떠내려가지 않게

# 동행 · 1

혼자 가야 했던 길을 같이 가려 했었다 무조건 함께 가는 것이 너를 사랑하는 방법이라 생각했다 하지만 길은 외길이었다 너는 볼 수 없는 하얀 길이었다

내 삶 밖으로 도망치고 있는 내일과 어제로 사라지는 시간들, 내가 찾는 것은 어쩌면 네가 아닌 너라는 소망이었다 사실 길은 없었다 다만 꼭 너에게 들려주고 싶은 이야기가 있었다 그러면 도착은 더 가까이에 있는 것이라 생각했다

하지만 처음부터 길이 달랐다 너는 언덕을 넘어 낯선 너에게로 떠났고 나는 돌아오는 길을 걸어 다시 내게로 왔다 그때서야 알았다 다른 길을 걷는 것이 우리의 동행이었으며 때론 사랑은 다른 길을 가는 것임을 배웠다

# 며칠 뒤

아직도
무심코
마음이
아프다

# 무관심

그대는 사랑에 게으른 센스가 있다

같은 생을 살면서도 너와 나의 시간은 다르다

당신의 찬란한 오늘을 위해

죽어도 오지 않을 나의 간절한 내일

그대의 게으른 사랑엔 시간이 없다

# 거울

너무 높이 올라가면
더 이상 출구가 없다

울고 있었던 것을 기억한다

나는 그곳에서 처음
인간이란 것을 보기 시작했다

# 가장 먼 곳

사람도
오지가 있다면

그곳은
변함없는 너의 마음이리라

# 운명

사랑을 보내고 나는 우네

내 꼴이 부끄러워
비와 같이 숨 죽여 우네

망설이다 또
너를 잃었네

# 유죄 · 1

사랑했던 시간마다
상처라는 꽃이 피고
돌아보는 자리마다 남은
폐허라는 그리움

때론 사랑함이 죄라는 것을
이제는 안다

# 그리움

모든 일에는 시작과 끝이 있다
그리고 마무리가 잘되면 문제가 없다

하지만 사랑은 끝이 없어야 한다
아무리 마무리가 잘되어도
어리석은 미련은 남는다

## 추억 · 1

사랑하던 날엔
기다림을 배웠고
이별 후에
사랑을 알았습니다

나는 당신과 함께
아름다웠습니다

# 예감

그대가 나를 보며 웃고 있는데도
내 마음이 아픈 이유를 생각하고 있습니다

# 기억

그 사람을 생각하면
시리도록 아픈 바람이 붑니다

# 틈

가을과 겨울
어느 불편한 시간에 나는 서 있다

풍요와 상실
너의 어느 귀퉁이의 나처럼
너무 빨랐거나 혹 너무 늦었거나

너와 나는 항상 그랬다
자꾸만 멀어져 가는 저녁 그림자처럼

# 오늘

한 인생을 마감하던 이가
간절히 바랐다는 내일이
너무도 쉽게 흘러가고 있다

이 삶에 대한 책임을 어찌할꼬?

삶은 나를 관통하고 내일로 가고 있지만
빈 잔을 채우듯 나의 시간은 점점 채워져 가고
간절히 바라던 내일이 혹 오늘뿐인지 모른다

# 사랑은 상처를 남기지 않는다

장미를 건낸 손에 상처가 남았다
꺾인 꽃은 금방 시들고
향기는 순간 흩어지니

사랑은 서로를 가꾸는 유익이 되어야 한다
짙고 깊은 밤은 별과 함께 아름답듯
별은 깊고 짙은 밤 더욱 반짝반짝 빛나듯

# 이별하고 나니

이별하고 나니 술도 달더라
이별하고 나니 눈물도 많아지더라

그런데 이별하고 나니
사랑은 더 많아지더라
그리워 맨날 울더라

# 인간

달걀 열 개, 콜라 한 병, 라면 다섯 개, 생수 한 통
그리고
혼자
자질구레한 삶을 짊어지고 목구멍에 숟가락 들
이밀며
조용히 조용히 들여다본다

때론 살아간다는 것이 서글플 때가 있다
삶이 사람을 슬프게 한다

# 만찬

생각을 지우고 싶을 때
마음의 무거움이 나를 버겁게 할 때

사랑하는 사람과 함께 나눠요
고민을 덜어내는 쓰담쓰담
평범하지만 특별한 저녁식사

때론 살아간다는 것이 서글플 때가 있다
삶이 사람을 슬프게 한다

# 사랑 때문에

사람은
사랑하고 사랑받기 때문에
살아갈 수 있습니다

힘을 내세요
당신의 오늘은 누군가의 사랑입니다

# 엄마가 할매 되던 날

"할매!" 하고 어린 딸이 엄마를 부른다
생각해보니 나는 아빠가 되고 엄마는 할매가
되었다

어린 딸이 할매 등에 업혀 노래를 부른다
"우리 엄마 힘들어"
"하은이 엄마한테 업어 달라 해"
괜한 농담을 하고서

엄마를 보는데 자꾸 눈물이 난다
어느새 엄마 등이 많이도 굽었다
진짜 옛날 할매 마냥 그렇게 굽었다

# 한글날

10월 9일 한글날
어릴 적 내 기억은 늘 글쓰기 대회에 참석해서
이런 저런 상도 받고 칭찬도 많이 받았다

하지만 상보다 아버지가 잘했다 칭찬하시며
사주시던 짜장면이 많이 생각난다

아버지 돌아가시고 27년
그때보다 더 맛있는 짜장면은 먹어보지 못했다

아버지의 짜장 묻은 미소와 따뜻한 손길
꼭 다시 한 번 그 짜장면을 먹어 보고 싶다
"우리 아들 잘했다" 칭찬 받고 싶다

# 사랑이 가르쳐준
# 몇 가지 다짐들 · 2

꼭 다시 한 번 보고 싶겠지만
애써 찾아가 몰래 숨어 기다리지 마라

어느 날 내 가슴에 사랑이 피었더라도
꽃이 지듯 사랑도 끝이 있으니
추억이란 열매로 가을이 가고 겨울이 지나면
다시 꽃이 피듯 봄이 오리라

# 함박눈이 내리던 날

그대를 생각하다 시간가는 줄 모르고
밤을 꼴딱 새며 내리는 눈을 바라봅니다

내 마음에 가득한 이름처럼
밤하늘에 쏟아질듯 아름다운 별들을 닮았네요

내 삶 가득 쌓여 나를 설레게 하는 당신
창밖에 사뿐 내려앉은 저 함박눈처럼

# 2
# 후반전

## 그리운 날

문득
그대가 그리운 날엔
시를 써 본다

시는 시간이 돌아오는 기억
삶에 너를 넣어둬서 다행이다

# 추억 · 2

익숙한 향기에 발걸음이 멈추듯

기억이 노래를 만나면 그리움이 된다

낡은 사진 속에 멈춰선 시간처럼

# 두 사람

여기 두 사람이 있다
앞을 향하고 있는 남자와
뒤를 쫓는 여자

둘은 사랑하고 있다
서로를 그리워하며
다른 꿈을 꾸고 있다

남자는 돌아서지 못하고
여자는 앞서 가지 못한다
다른 꿈을 꾸는 같은 소망
사랑은 언제나 그리움이다

# 이별

사랑도 때론
낙타가 바늘귀로
들어가는 것보다
더 어렵다

# 차이

그대가 꿈꾸는 사랑이라는 명품가방 속에는
영수증 몇 장과 계산기 그리고
통계자료가 예언서처럼 쌓여 있고

내가 기억하는 사랑이라는 낡은 가방 속에는
한 사람의 숨기고픈 일기장과
차마 다 읽지 못한 시집 한 권이 들어있습니다

# 겨울 허수아비

저기 창밖에 첫눈이 내리고 있지만
나의 계절은 아직
그대를 보내지 못한 가을입니다

그렇게 그대를 사랑한다는 것은
혼자 웃는 달처럼
기다림에 익숙해지는 것입니다

눈을 맞고 서 있는 허수아비처럼
계절도 잊은 채 서 있는
가을을 꿈꾸는 겨울입니다

# 부재 중

한밤중에 걸려와
한참을 말이 없다 끊는 전화
그대가 누구인지 알아도
잊어야 한다

사랑은 벌써 눈물이 되었다

# 요셉의 별 · 2

반짝하고 핀 꽃이
반짝하고 사라지면
봄도 반짝하고 지나간다

그렇게 꿈도 반짝하고 피었으면 좋으련만
봄처럼 금방 사라질까
저만치 핀 별처럼
먼 데서부터 천천히 비춰온다

# 하루

밤은 다만 반복되는 무심한 기다림일 뿐
꽃처럼 웃고 싶었지만 별처럼 울어야 했습니다

밤 가득 슬픔이 빛나고 있었습니다
울다 다시 바라본 별처럼 삶은 흐리고 먼 소망
입니다

한 사람을 생각하는 동안 다시 하루가
짙은 어둠 사이로 희망 없는 새벽을 부르고 있
습니다

# 달팽이의 마음

멋쩍어 웃는다
혼자 사랑했는데도 그리움이 극성이다

떠나고 나서야 시를 쓰고
느려 터져 말 한마디 못했다

바보 같이 웃는다

# 사랑이 가르쳐준
# 몇 가지 다짐들 · 3

사랑 때문에 사랑을 피하지 마라

아기가 걷고 뛰듯 사랑도 배우는 것이니
견딜 수 없는 시간도 견디어 지나고
내 인생에 첫 떨림처럼 달콤했던 사랑은 다시
오리니

사랑을 사랑으로 갚아 더욱 아름답게 하라

# 달걀후라이

꽃잎이 투명한 해바라기가
조각조각 부서진 틈으로
흐물흐물 피어난다

때론 사랑이 없어도 생명은 피어나
한 여름 땡볕처럼 뜨겁게 눈물 젖고
하얗게 물들어가는 꽃잎이 된다

누군가의 마음이 아지랑이처럼 피어오르는 아침
여자가 할 수 있는 것은 작지만
눈이 녹듯 한 사람의 마음을 녹이고 있다

# 미련 · 1

사랑은 세월도 녹슬게 한다

시간도 주체 못할 기다림으로
뜨겁게 눈물져 있다

# 겨울비

겨울비가 내린다는 것은
얼음처럼 차갑던 그대의 마음이 녹듯
조금 더 따뜻해졌다는 소망

내 마음에 싸여
나를 꽁꽁 얼어붙게 했던 그대
눈물처럼 흐르는 겨울비가 좋았다

내가 젖듯
그대도 젖길
겨울비가 봄을 부르듯

# 유죄 · 2

용서 받을 수 없었던 것은
사랑이 아니라 사랑한 시간이었다

차마 돌아볼 수 없는 자리에서 부르는 이름
하지만 용서 받을 수 없는 시간을
나는 더 사랑했다

# 기한 없는 사랑

사랑에 이유를 첨가하면
유효기간이 생기고 만다
사랑에 이유가 없어야
만료일도 생기지 않는다

# 어른

답답하던 어머니가 가엾게 느껴질 때
자존심을 팔아 밥벌이를 지켰을 때
원망하던 아버지가 그리워질 때

세상에서 제일 슬픈 노래보다
삶이 더 서글프다는 것을 알게 된다

# 외사랑

사랑은 노력이
아니라는 것을
혼자 사랑했던 사람은 안다

# 동행 · 2

갈림길에서 우리는 헤어졌다

길이 달라 도착 또한 달랐다

너는 더 크게 웃을 수 있었고
나는 더 오래 기억할 수 있었다

갈림길에서 우리는 헤어졌다
다른 내일이 너와 나의 동행이었다

# 첫눈

때론 주소 없는 편지를 써내려가듯
당신 옆에 서 있었지만
오히려 그 아득한 막막함이
당신을 기다리는 힘이 되기도 했습니다

첫눈이 펑펑 내리던 날
내 마음도 무너져 쌓이고 있었습니다
떠나는 당신의 발밑에 각인된 이별처럼
밟히고 있었습니다

# 피터팬증후군

아이들은 사랑을 먹고 자란다

하지만
충분한 사랑을 받지 못한 아이는
평생 어른이 되지 못한다

# 헛갈린 눈물

아직도 창밖엔
비도 아닌 눈이 눈도 아닌 비처럼 내리고 있다

다시 보고 싶은 것인지
다신 보고 싶지 않은 것인지 모를 내 마음처럼
비도 아닌 눈이 눈도 아닌 비처럼 내리고 있다

너도 없는 내가 나도 없는 나처럼 울고 있다

# 후회

나는 눈물 나게 고마웠는데
당신은 눈물 나게 후회했군요

# 커피

깊은 밤
검은 호수 위에
하얗고 달달한 눈이 내리고

따뜻한 커피 한 잔

삶은 위로가 된다
용서가 된다

# 왜?

사람은 왜 죽는 것인가요?

삶을 더 귀하게 여기기 위해서란다

사람은 왜 사랑을 하나요?

삶의 의미를 더 깊이 깨닫기 위해서란다

# 꽃비

그녀의 삶이 흰 눈이 되어
내 마음에 쌓이던 겨울 밤
하동 쌍계사 십 리 벚꽃길을
함께 걷는 상상을 했었다

어느 4월
꽃잎이 바람에 흔들리는 혼례길
나는 너의 삶에 쌓이지 못하고
흩어지는 꽃비가 되었다

향기도 없이 흩어지는 기억이 되었다

# 사과를 먹다가

하얀 얼굴로 노래를 부르면
사과처럼 붉게 물들었었지
그런 모습이 좋아 친구가 되자 했네

하지만 아삭아삭 새콤하던 우리의 대화도
순간 소리 없는 라디오가 되고
약속이라도 한 것처럼 이별을 말했지

마음 빨개지는 노래를 따라 그 시간을 흥얼거리네
마음 한쪽 크게 베어 물고 너를 생각하네

# 길 위의 평행선

아무렇게나 피어버린 꽃이
비에 젖는다

꿈의 출구

사람이 사람을 아프게 하는 것이다
오지 않는 섬을 바라보는 등대처럼

# 시인

너는 나를 가졌지만
나는 너를 갖지 못하고
시를 가졌다

# 장미꽃

내가 당신을 얼마나 사랑하는지
세상 모든 사람들이 다 알 수 있도록
가시나무에 빨간 꽃이 피었습니다

사람들은 꽃나무에 가시가 있다고 불평했지만
사실 가시나무에 꽃이 피기 시작한 것입니다
아픔 없는 사랑이 없듯 가시나무에 꽃이 핀 것입니다

사랑은 가시나무에 핀 향기로운 빨간 꽃입니다
사람들은 향기 짙은 그 꽃을 장미라고 불렀습니다
내가 당신을 얼마나 사랑하는지 세상 모든 사람들이
다 알 수 있도록 그 꽃의 이름은 장미였습니다

# 어머니의 마음

대책 없이 회사를 관두고 나온 아들을 향한
어머니의 특단의 대책은

몸도 마음도 상하지 말라고
정성으로 챙겨주시는
진한 홍삼액 한 봉지다

# 다음날

무작정 헤매다 멈춘 곳이
당신 집이었습니다

달빛 아래 그림자처럼 숨어
밤새 내리던 비처럼 당신을 바라봅니다

여전히 아름답군요
이제야 먼 그대가 실감이 나네요

# 코스모스 · 2

붉은 노을이 지는 가을 저녁

삶은 결코 가벼운 것이 아니었기에
가을에 피는 꽃이 더 아름다운 것이리라
바람따라 흔들려도 피어 웃는 것이리라

코스모스는 그렇게 환히 웃고 있었다
많은 사람들이 저 코스모스처럼 흔들리며
바람따라 바람따라 피어 있었다

# 금연

사랑하는 딸이
아빠의 냄새를
담배 냄새로
기억하게 하고 싶지
않았습니다

# 그믐달

'여수 밤바다' 노래 들으며 걷는 산책은 서글프다

밤 깊어 달 밝은 환한 밤
함께 걷는 연인들 사이에 나 혼자

터벅터벅 걷는 길옆에
잡풀 사이로 한 송이 달랑 피어 한들거리는
분홍색 꽃처럼 홀로 서 있는 삶은 쓸쓸하다

아 그립다

달처럼 웃던 너 그리고 나

어디로 사라진 것일까?

# 회상

어느 가을
먼지를 털듯 마음을 터니
툭 하고 옛사랑 떨어진다

너에게 부치지 못한 편지……
편지가 있었다

# 컵라면

그대가 내 안에 채워지는 데 채 3분도 걸리지 않았다

우리의 만남이 가벼웠듯 우리의 헤어짐도 빨랐다

남은 것은 늘 채운 듯 허전한 그리움뿐

그리하여 우리는 서로를 더 굶주리게 하고 있었다

불어터진 그리움과 깊어지지 않는 얇은 시간들

가볍게 스치고 또 가볍게 잊혀진 인스턴트 인생들

적당히 양보하고 익숙하게 받아들이는 타협이었다

우리의 만남은 적당히 뜨거운 3분짜리 사랑이었다

# 미련 · 2

눈을 감아도
물러서지 않는
그리움 하나

너의 흔적은
나의 미래가 되었다

# 혼자 사랑

나는 항상 당신에게 담겨 있습니다
내 마음이 당신만 생각하기 때문입니다

하지만 당신 마음은 내게 담기지 못했습니다
그대로 꽉 찬 내 마음이
당신 마음까지 밀어내고 있기 때문입니다

# 포커페이스

기적 같은 사랑은
기적 같은 이별을 맞을지 모르니

천 년을 하루같이 사랑하되
무심히 바라보는 달처럼 덤덤히 바라보자
큐피드가 시샘하고 장난치지 못하게

# 해바라기

차가운 바람 때문인지 마음이 아파옵니다
아마도 저는 울고 있는 모양입니다

기다림의 자리엔 어느새
바람처럼 꽃이 피었습니다

당신만 바라보는 나처럼 꽃은 웃습니다
우리 서로 바라보는 하늘이 달라도
노란 해바라기는 피었습니다

# 존재의 이유

인생의 재미를 찾는 사람아
인생의 의미를 찾자

행복은 재미가 아닌
의미를 발견하는 것

미친 삶이 아닌
미칠 줄 아는 삶을 살아야 한다

# 망중한

때론 나도 잊으며 살아갈 때가 있지
짧은 생을 살며 세상 고민을 다 지고 가는 사람

소음의 한 가운데 문득 침묵을 발견한다
떠난 나를 찾아
잠시 잊어도 좋을 숨 고르기

창에 걸린 푸른 하늘에 내 얼굴이 비친다

내가 내게 건네는 위로
차 한 잔과 그리고 잠시

# 마지막이라 믿었던 사랑

눈물처럼 흐르는 헛된 기다림
나를 버려도 너를 버릴 수 없었다

첫 사랑도 아닌 사랑이 끝끝내 남아
미련의 항아리에 슬프게 찬다

사랑이란 이름의 못된 향기를
시린 심장에 담는다

# 밥 · 2

간장에
밥 비벼 먹지 마라
밥은 흰색이어야 한다
어머니의 까만 얼굴처럼
식어가는 삶은 서글프다

어미의 까만 삶은
아들의 흰 쌀밥
어미의 식은 밥은
아들의 더운 밥
아들의 더운 삶은
어미의 소망이었다

# 사랑이 가르쳐준
# 몇 가지 다짐들 · 4

누구나 그리운 이가 마음에 산다
지난 풍경은 언제나 아름다웠지만 다시 돌아올
수 없듯
당신의 그리움을 슬픔으로부터 덜어 가볍게 하자

사랑이 지난 자리에 다시 사랑이 필 수 있도록
울지 않는 밤을 만들어 가자

아무렇지도 않게 맑은 날 사랑이 다시 찾아오
리니
사랑은 사랑한 것으로 이미 족하였다

# 어머니의 핸드폰

어머니의 핸드폰엔 아들 이름 대신 숫자가 있습니다 그 번호 길어서 다 외우지 못하지만 그 사랑도 너무 깊어 다 채우지 못했습니다 '사랑하는 아들' 늘 기쁨이 되었던 것은 아니지만 늘 자랑이었습니다 어머니의 한 마음엔 한 사람만 있습니다 그래서 어머니의 핸드폰 숫자 1엔 어머니의 사랑이 숨어 있습니다 '사랑하는 아들' 하고 전화가 걸려옵니다

어머니의 오래되고 낡은 핸드폰엔
꾹 눌러 움푹 들어간 1번 버튼이
어머니의 인생처럼 희미하게 닳아있습니다

# 기대

마음에 마음을 포개고
사랑이 사람을 위로하는
따뜻한 온기가 머무는 하루

참 좋은 당신을 만났습니다
당신이 있어 더 행복한 하루입니다

# 아버지 · 2

낡은 사진 속에 지금의 내 나이로 멈춰선 사람
세월 속에 원망도 묻히고 그리움도 묻혀
먼 별처럼 마음에 걸린 나의 아버지

사랑한다는 말이 어색해 차마 하지 못하고
빈 마음에 눈물을 채우며 멍하니 사진을 본다
어린 딸이 '아빠!' 하고 나를 부른다

# 미련 · 3

붉은 노을처럼
너에게만 물들어
나의 빛깔은 온통
그리움이다

# 가을 가족

젊은 날엔 젊음의 소중함을 몰랐다
그러나 나이를 먹는다는 것은
후회를 겸허히 인정하는 것
늙으신 어머니가 좋아하시는 과일을 사러
진영으로 낯선 길을 찾아간다

세월이라는 불편한 사연 속에
가족을 떠나보내고 다시 가족을 맞으며
어머니는 여전히 환이 웃으신다
단감을 깎아 손녀의 입에 넣어 주신다
후회가 있었어도 미련은 없다

# 사람의 집

두 사람이 함께 손을 잡고
한 아이가 꽃나무를 바라보며
온통 밤으로 가득한 시간
사람의 집 위로 별이 뜬다

사람이 사람을 그리워하지 않는 집
사람의 마음처럼 별이 오순도순 반짝인다

사람의 집에 사람들이 산다
가족의 노랫소리가 들려온다
구수한 저녁 수다가 새어 나온다

# 다 지나가리라

모든 것은 다 지나가리라
첫눈 내린 자리에 다시 함박눈이 쌓여 덮이듯
시간은 시간 속에 쌓여 잊어가리라
영원한 것은 없으니 또 다 지나가리라

어두운 터널 저편에서
어느새 밝은 빛이 덮쳐오듯

지워도 기억 속에 남아있는 전화번호와
참을 수 없는 분노에 몸을 떨며
오해가 증오로 증오가 상처로 남았던
나와 상관없이 나를 덮치던 시련도

세상은 잊고 잊으며 살아가리라
모든 것은 다 지나가리라

세상은 잊고 잊으며 살아가리라
모든 것은 다 지나가리라

# 첫 사랑

사랑이 지난 자리에
그리움이 머문다

남자의 가슴에도
한 송이 노란 꽃이 피어 있다

# 큰 꿈

늘 삶에 지고 세상에 넘어지는 인생이지만
이 작은 가슴에 큰 꿈 하나 품고 살아가리라

꿈은 노력과 열정으로 가슴에 피어 별처럼 빛나
또 생각하지 못했던 작은 곳에서 희망으로 자라가리니
어쩌면 꿈은 꿈이기에 더 아름다우리라

이 작은 가슴에 큰 꿈 하나 품고 살아가리라

상상할 수 없는 엉뚱하고 큰 꿈을 품고
세상이 원하는 목소리가 아닌 나의 소리로
나의 노래를 부르며 살아가리라

# 몹쓸 하루

아직 내 시는
은혜가 안 된다는 어머니 말씀
권사님답게 시 속에서도 은혜를 찾지만
내 시엔 아직 구원이 없다

# 하루살이

우리가 힘주어 말하는 사람의 사랑이

고작
아침에 피었다가 저녁에 지는
한나절 꽃과 같이 서글프구나

# 사랑이 사람에게

하지만 우리
끝까지 포기하지 말자

# 3

# 연장전

# 어떤 사랑

이별 없는 사랑을 배웠습니다
사랑 넘어 사랑도 알게 되었고
변하지 않는 사랑의 믿음도 경험했습니다

단순히 사랑이 너와 나를 위한 것이 아니라
우리를 향한 희망의 발걸음임을 알았고
때론 목숨보다 더 귀한 것임을 깨닫습니다

사랑 넘어 사랑이 있습니다
보혈의 능력으로 채워진 믿음은
죽음을 이기는 은혜의 선물이며
세상을 이긴 세상엔 없는 사랑입니다

# 입과 주둥이의 차이

은혜롭게 말할 줄 모르면
주님의 손에 쓰임 받을 수 없다

은혜 가운데
소금으로 맛을 냄 같이
때에 맞는 말은 아름답다

# 하나님의 아들

많은 사람들이
사랑을 알고 있다 말하면서
진짜 사랑이신 예수님은
모른다 외면한다

# 보고 싶은 얼굴

하은이가 엄마에게 묻는다
"엄마 만나기 전 나는 어디 있었어?"
"천국에서 하나님과 함께 있었지"
갑자기 눈을 감고 무언가 깊이 생각하는 하은이
"하은이 뭐해?"
"쉿! 하나님 얼굴을 생각하고 있어
곧 기억날 것 같아 엄마!"

가을 하늘의 깊고 맑은 마음으로
살아가게 하소서

# 살아갈 때에

살아갈 때에 느린 강물처럼
늘 온유한 마음으로 살아가게 하소서
사랑의 가르침으로 일하며
아이처럼 꿈을 간직하며
욕심도 모른 채
가을 하늘의 깊고 맑은 마음으로
살아가게 하소서

# 붉은 십자가

네가 울고 있을 때
나도 울고 있었단다

네가 사람들 때문에 울고 있을 때
나는 너로 인해 울고 있었단다

네가 세상에 즐거워 웃고 있을 때도
나는 너를 기다리며 기도하고 있었단다
붉은 십자가엔 온통 눈물뿐이었단다

# 바보의 고백

'너는 내 아들이라' 말씀해 주셨다

나를 꼭 안고 내가 너를 낳았고
네가 힘들고 지칠 때 옆에 있었다고 말씀해 주
셨다

머리로만 알고 있었던 사랑이
마음 깊은 곳으로 파고 들었다

# 남편

'공주로 모실게' 하고
왕자가 되어 자기 손에만 물 안 묻히는
우리 집에서 가장 내다 버리고 싶은 물건

하지만 우리 아빠같이 짠한 남자
그렇게 고민하며 늙어갈
원수 사랑을 실천하게 하는 내 남자

# 회개

눈물이 바다를 이루어도 다 못한
나를 위해 죽어간 사랑을 위하여
무엇으로 대신할 수 없는 삶이
행한 것은 오로지 거짓뿐
다시 두 발 아래 삶을 내려놓고
죄인의 바다에 용서를 청합니다

# 아버지의 이름엔

아버지의 이름엔 사랑이 있습니다
욕심 부리는 것밖에 할 줄 모르는 나를
그래도 사랑한다 용서하시며
변함없는 사랑으로 안아만 주십니다

봄 아지랑이처럼 피어오르는 그 사랑은
겨울 찬바람처럼 울고 있는 내게
봄볕처럼 따뜻한 위로를 선물해 주십니다
아버지의 이름엔 사랑이 있습니다

# 사랑은 사람을 보며 자라는 나무

사랑이 없으면 아무 유익이 없나니
온유하고 자랑치 않는 마음이
처음엔 겨자씨만 할지라도

사랑은 오래 참고 사랑은 온유하여
긴 기다림이라도 결국 꽃을 피우리니
사랑은 숲이 되고 열매를 맺으리라

사랑이 없으면 우리가 아무것도 아니니
사람의 나무엔 사랑의 향기가 진동하리라
모든 것을 참으며 모든 것을 견디며
인내와 용서가 숲을 이루리라

# 사랑의 용납

믿음은 구원의 확신이다

구원의 확신은
예수님을 그리스도로 영접하는 것이다

예수님의 그리스도 되심은
자기 목숨을 버린 십자가의 사랑이다

# 내려놓음

내 마음대로 하려 했던
방탕한 계획과 성실을

주가 일하시도록 순종하여
온유함으로 사랑의 연단을 이루리니

# 주님의 소망

하나님은 나와 무조건적으로
온전히 그리고 영원히 변치 않게

깊은 교제를 맺길
오늘도 기다리며 바라십니다

# 하나님을 감동시키는 사람

주의 십자가를
사랑으로
짊어지는 사람

하나님을 감동시키는 사람

# 비전이란 이름으로

주님은 나를
사랑하시는데

나는 주님을
사용하려 합니다

# 나의 십자가

당신의 마음이 있는 곳이
당신이 사랑하는 곳입니다
당신이 관심 있는 사람이
당신이 사랑하는 사람입니다

당신이 사랑하는 그곳과 사람이
당신이 기도해야 하는 십자가입니다

# 순종

당신의 기도가
응답받지 못하는 이유를
정말 모르십니까?

# 크리스마스의 의미

크리스마스 하면 생각나는 것들 중에서
변질된 이미지를 다 지우고 나니
예수님과 생일만 남았습니다

속지 마세요
크리스마스의 참된 의미는
오직 복음뿐입니다

# 오해

당신이 생각하는 하나님은
어떤 분이신가요?

하나님과 멀어진 거리를 좁히면
하나님은 당신이 찾는 바로 그 분이십니다

# 배려

사랑은
내 방식대로
표현하는 것이 아니라

상대방이 원하는 방식으로
표현해 주는 것이다

# 그분의 사랑

당신이 세상의 상처로 아파할 때
힘들고 지쳐 일어서지 못할 때
예수님은 당신을 안고 계십니다

세상이 당신을 상하게 하지 못하게
당신을 안고 고난을 대신 걸으시며
아파하는 당신의 눈물을 닦으십니다

다 잊은 듯 무심한 당신을
때론 가시 돋듯 상처만 주는 당신을
예수님은 더 사랑하시며
죄 없는 죽음으로 대신하여
그 마음을 사랑으로 보여주셨습니다

# 비전

죽음은 삶을 숙연하게 한다

결국
어떤 걸음인가가 중요한 것이 아니라
어떤 방향인가가 중요한 것이다

# 겸손

오해하지 마세요
나를 낮추는 것이 아니라
상대방을 높이는 것입니다

겸손은 배려에서 피어난
향기로운 꽃입니다

## 비밀의 열쇠

마음 깊은 곳에 자리한 사랑의 흔적들
그것은 십자가의 노래였다
다시 부를 수 없는 한 사람의 생이었다

나의 모든 것이 발가벗겨진 그때
스스로 무너져 십자가 앞에
나는 없고 죄만 남은
헛된 세상이 다시 태어난
죄 없는 한 사람의 죽음을 기억한다

잠겨있던 마음을 열고
무너진 삶에 다시 생명을 심은
붉은 십자가의 비밀
한 사람의 생은 사랑이었다

# 대가

십자가는 붉게 물들었습니다
사랑은 대가가 필요했습니다
나를 사랑한다는 이유로
사랑에 목숨을 걸어야 했습니다

그가 나를 사랑하신 이유로
채찍에 맞아야 했습니다
조롱과 멸시, 침 뱉음을 받아야 했습니다
결국 십자가에 달려야 했습니다

# 누가의 편지

아들보다 더 사랑한 아들이었습니다 그래서 아버지는 아들을 아들 대신 죽게 했습니다 처음 아들은 아들이기 보단 죄인이었습니다 하지만 아버지는 아들을 통해 죄인을 아들 되게 하였습니다 아들을 사랑하여 아들을 버렸습니다 그리고 두 아들을 모두 얻었습니다 사랑은 비싼 값을 치러야 했습니다 그래도 사랑은 그 길을 가는 것이었습니다 때론 나의 뜻과 상관없이 사랑은 크게 흔들려야 했습니다

# 예수님의 바람

내 이웃을 섬겨주고
주 사랑을 나눠 주어라

이것을 행하는 것이
그리스도인의 삶이니라

# 은혜

주가 매일 십자가에 오르시나니
그 긍휼하심이 크도다

내 죄가 하루하루 더해가나
그가 나를 매일 깨끗케 하시니
내 삶이 늘 새로우리라

# 하나님

어리석은 자는
보이지 않는다고
없다 하는도다